CB049616

ANA ELISA RIBEIRO

E A PRINCESA NÃO QUERIA CASAR!

ILUSTRAÇÕES
ANGELO ABU

Yellowfante

EDIÇÃO GERAL
Sonia Junqueira

ASSISTENTE EDITORIAL
Julia Sousa

REVISÃO
Julia Sousa

PROJETO GRÁFICO
Diogo Droschi
Juliana Sarti

Dados Internacionais de Catalogação na Publicação (CIP)
(Câmara Brasileira do Livro, SP, Brasil)

Ribeiro, Ana Elisa
　　E a Princesa não queria casar! / Ana Elisa Ribeiro ; ilustração Angelo Abu.
-- 1. ed. -- Belo Horizonte : Yellowfante, 2023.

　　ISBN 978-65-84689-97-8

　　1. Ficção - Literatura infantojuvenil I. Abu, Angelo II. Título.

23-167642　　　　　　　　　　　　　　　　　　　　CDD-028.5

Índices para catálogo sistemático:
1. Ficção: Literatura infantojuvenil 028.5
2. Ficção: Literatura juvenil 028.5

Cibele Maria Dias - Bibliotecária - CRB-8/9427

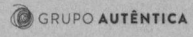

GRUPO **AUTÊNTICA**

Belo Horizonte
Rua Carlos Turner, 420
Silveira . 31140-520
Belo Horizonte . MG
Tel.: (55 31) 3465 4500

São Paulo
Av. Paulista, 2.073, Conjunto Nacional .
Horsa I . Sala 309 . Bela Vista
01311-940 . São Paulo . SP
Tel.: (55 11) 3034 4468

www.grupoautentica.com.br
SAC: atendimentoleitor@grupoautentica.com.br

*Pro Sérgio, meu irmão que
entende de parasitas, insetos ápteros
e histórias bem-humoradas.*

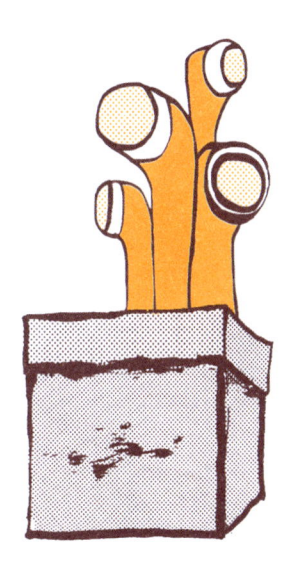

Fim

E viveram felizes para sempre.

**ASSIM QUE TERMINA** esta história. E há muitos jeitos de contar uma história.

Esta, por exemplo, começa do fim, ou de trás para a frente.

Quem decide isso é quem conta, não é?

Aqui foi decidido que é melhor já adiantar que todos viverão felizes.

Mas para chegar a esse fim muita coisa aconteceu.

De que adianta, então, saber só o fim?

É uma história que começa com *spoiler*. Ou não. Porque o que se sabe sobre as coisas, a esta altura, se nem conhecemos as personagens?

Vamos então ao próximo passo (para a frente ou para trás?).

BOM, NA VERDADE, vamos às personagens. Porque nesta história tem mulheres que decidem coisas e acobertam as outras. Mas também tem muitos homens que mandam nelas ou pensam que mandam, e vão descobrindo que não mandam tanto assim.

A QUESTÃO É QUE, num reino aqui pertinho, duas à esquerda, uma à direita, perto da praça, abaixo da padaria, havia uma princesa que não queria se casar. Mas de forma alguma. Era uma espécie de Dona Baratinha às avessas. Nem pensar em pretendentes, casamento, pimpolhos. E olha que com ela nem seria tão difícil. Se apareciam candidatos para uma barata!, imagina para uma princesa bonitinha de verdade.

— Nem a pau! — dizia ela. Bradava, chegava a ficar vermelha e com as veias do pescoço estufadas. Não queria mesmo. E não ia.

O problema do pai dela, isto é, do Rei, era que ele achava que toda princesa, vai chegando ali pelos quinze anos, precisa arranjar um casamento, de preferência um bom casamento. Espere... bom para quem? Não necessariamente um bom marido, mas um bom casamento para os interesses da Coroa.

O problema da Princesa era que ela achava que esse problema não era dela. O problema da

Princesa era *não* se casar. Ou melhor: casar-se seria um imenso problema para alguém que não queria nem pensar nisso.

O problema da Rainha era duplo: ela tinha um marido com um problema e uma filha com outro problema. Embora parecesse que todos estavam com o mesmo problema, eles tinham sentidos diferentes, opostos até. Que problemaço. Problema para todo lado. Nenhum deles era diretamente da Rainha, mas... sabe como é, a mãe pode carregar os problemas de todo mundo, feito um canguru apegado.

O problema geral era que a solução de um era o problema da outra. E a Rainha ficava entre a cruz e a caldeirinha, como se diz. Queria ajudar a filha, mas também tinha de fazer as vontades do marido, da tradição, essas coisas de reinos e histórias de princesas.

O REI, UM DIA, acordou, abriu as imensas janelas do casarão, respirou o ar que vinha do jardim e disse alto, sem nem se preocupar se a Rainha ainda dormia:

– Está na hora! A Princesa precisa arranjar um noivo. Ou melhor: eu preciso arranjar um noivo bom para a Princesa. Ou melhor: um noivo que eu ache bom para a Princesa. Não! Um noivo que eu ache bom para mim, mas que se case com a Princesa. É por aí, tenho dito.

A Rainha acordou com aquele palavreado todo, espreguiçou-se discretamente e mexeu a cabeça apenas para concordar. Fez questão de que o Rei visse o gesto. Porque as rainhas sabem que os reis é que mandam. Mas, lá no fundinho, ela pensava: coitada da minha filhinha. Tão teimosa! E pensava: esse Rei tá lascado.

O CAFÉ ERA SERVIDO na cozinha real. Pão sovado, queijo mineiro, café torrado na hora, pão de queijo, presunto e umas frutinhas. O Rei comia, a Rainha comia e a Princesa, sentadinha, lixava as unhas.

– Nem a pau!

O pai não fazia muito esforço porque, naquele tempo e naquele lugar, um rei não precisava argumentar. Era só ter uma vontade. As rainhas não tinham vontades. Nem sabiam direito o que era isso. E as princesas só precisavam aprender a ser esposas de algum príncipe ou rei, sabe lá, e a se tornar rainhas obedientes. Não parecia muito difícil.

Entre uma fatia generosa de melão e um gole de café quentinho, o Rei dizia sua vontade, a Rainha fazia cara de paisagem e a Princesa desdenhava. Parecia tudo bem, mas não estava.

PARECIA TUDO BEM porque o Rei guardava uma certeza: ela vai me obedecer, cedo ou tarde.

No caso, tarde; bem tarde. Mais do que isso: nunca.

A Rainha tinha um palpite: o Rei vai mandar, a Princesa vai ceder.

A Princesa tinha uma decisão: nem a pau.

E cada um pensando seu pensamento e nada resolvido de fato.

Até o dia em que o Rei resolveu dizer de um jeito mais decidido, e os pelos da Princesa se eriçaram feito gato do mato. A coisa ficou séria. E a Rainha teve uma dor de barriga.

AQUI PODEMOS FAZER um negócio chamado *flashback*. No cinema, todo mundo conhece: a história volta lá no passado e a gente fica sabendo de coisas que não sabia e que ajudam a explicar algo aqui do presente.

Podemos contar a história da teimosia da Princesa, que vem desde bem pequena. Dizem as aias que a primeira palavrinha que a Princesinha pronunciou, antes de completar dois anos, foi "não". A frase completa foi: "Não e não". E todo mundo achou graça e riu. Mal sabiam elas e eles...

Podemos contar a história inteira do Rei, da família real, de como ele chegou ao trono, de como ele conheceu essa Rainha, mas seria um *flashback* muito extenso. Reis geralmente herdam tronos, e assim vai.

Quando a gente abre um parêntese e parece que vai fugindo do assunto, dá-se o nome de digressão. E isso pode ser ruim, pode atrasar a história, como estamos fazendo agora.

Podemos mudar de foco narrativo e contar a história da Rainha, de como ela acabou casada com esse Rei, desde quando, o que ela sentiu quando lhe disseram que o noivo seria fulano, do reino tal, e se ela pensou em desobedecer, em fugir com outro, em pular da sacadinha do quarto, ou se ela tinha mais facilidade em simplesmente fazer o que todo mundo dizia que ela tinha de fazer.

Mas vamos nos ater à Princesa presente e ao problema de cada um aqui. Aliás, é a sabedoria popular: ema, ema, ema... cada um com seus problemas. (Na verdade, sem o plural, porque rima melhor, mas como isto é um livro, a gente corrige o que estava melhor errado mesmo.)

O FATO É QUE as histórias desses reinos, reis, rainhas e princesas são todas bem parecidas. Se contarmos uma, poderíamos dizer que contamos quase todas. É um rei que passa o reinado ao filho ou a outro príncipe, um rolo de famílias, terras, territórios, riquezas, essas coisas.

As rainhas ficam daqui e de lá, são escolhidas porque também são parte desses reinos, assim, como se fossem parte da troca; e são. E esse pessoal tem filhos, e tudo vai continuando, continuando, até que pinta um príncipe rebelde ou uma princesa atrevida. Esses é que salvam a história e nosso emprego, nos dando histórias diferentes para contar.

QUANDO A RAINHA FINALMENTE saiu do banheiro real, ouviu os gritos do Rei com a filha: que era o que ela devia fazer, tinha de fazer, nascera para fazer. Que ela ia, sim, se casar. E ele dizia isso com ênfase no *sim*. E esticando o som do *i*. E ele dizia que toda princesa se casa e que era função dela dar a ele netos e garantir a continuidade do reino e das riquezas e da família e da dinastia e da linhagem, cada palavra bonita que só.

De onde a Rainha estava, ouvia pouco a voz da Princesa. Ou não ouvia nada. Podia ser que a Princesa estivesse caladinha, só ouvindo. Mas a Rainha se mordia de vontade de ser uma mosca e sobrevoar o salão e ver que cara a Princesa fazia, naquele exato momento, quanto mais o pai dela mandava e mandava, sentenciava que ela ia, *siiiim*, se casar, e com o rapaz que ele mesmo escolhesse.

Na verdade, a Rainha podia apostar, a-pos-tar, que a Princesa ouvia o pai enquanto lixava as unhas, se lixando e até fazendo cara de deboche. Como a Rainha é uma personagem humana e não voa, não dava para ver a cena de perto, mas nós aqui, que somos narradores e narradoras entrões, podemos ver o que quisermos. E somos privilegiados e privilegiadas, não é mesmo? A Princesa simplesmente não estava nem aí.

A RAINHA NÃO ERA uma mosca. A Rainha ficou ali esperando um momento oportuno para adentrar o salão e dizer alguma coisa ou apenas concordar, mais fácil. Menina, para que arranjar confusão, não é não? Reclamando de barriga cheia. E nada mal se casar com um príncipe ou coisa parecida. Mas o momento de chegar não chegava. E a Rainha ia ficando na espionagem real, apenas na escuta.

—*N*EM A PAAAAAU!
Foi o que a Rainha pescou, finalmente, do papo reto entre pai e filha.

Então era isso mesmo: a menina tinha ficado calada, só ouvindo, provavelmente fazendo cara de paisagem, até que o pai terminasse de viajar na maionese e ela pudesse se manifestar de acordo com seus mais profundos desejos.

Ao ouvir o brado insolente da Princesa escorregadia, o pai se encheu de fúria, mas também de impotência. Que sensação estranha! Como agir quando uma mulher desobedece, e nesse tom? Isso nunca tinha acontecido, céus! Nunca antes na história deste reino!

ORTE PARA OUTRA CENA. Melhor imaginar-mos uma pausa, uma espécie de parêntese também, porque outra coisa vai acontecer. O Rei pediu um tempo. Fez o sinal com a mão: os dedos em riste da direita tocando, na perpendicular, a palma da esquerda. Se tivesse VAR, ele pediria também. Não tinha, claro, naquele tempo não tinha.

V EMOS O REI saindo apressado, depois de pedir à Princesa para esperar.

— Fique aí quietinha. Volto logo. Não saia! — balançando o dedão como que a avisar e ameaçar. Balançou três vezes.

A Princesa até que obedeceu. Estava de pé, àquela altura, resolveu se sentar.

Puxou a cadeira de estofo vermelho, capitonê, puxou a lixa e começou a lixar as unhas de novo. Vamos lá. Sem pressa.

O Rei, com seu manto real de arremates dourados, adentrou a biblioteca. Se tivesse Google naquele tempo, ele consultaria, mas não tinha. Nem tutoriais do YouTube. O que havia mesmo, e eram bem suficientes, eram livros.

O Rei se enfiou no meio das prateleiras, soprou poeira, maldisse os empregados lambões, espirrou algumas vezes, deixou o lenço a postos, consultou, consultou. Lá no alto, onde ele não alcançava, havia alguns manuais, inclusive de feitiçaria (os proibidões, que haviam sido censurados para o povo). Subiu na escada das estantes altas e foi mexer na seção dos livros que ensinam coisas, tipo costumes, tradições, rituais. Nada.

O Rei passou quase uma hora dentro da biblioteca real. Procurava um manual que ensinasse a lidar com princesas realmente desobedientes. O que fazer com princesas que têm vontades definidas? Como lidar com moças donas do próprio nariz? Como cortar as asas das meninas? O que fazer diante de uma princesa à prova de casamentos?

Era difícil procurar. Era preciso pensar em tudo. Será que alguém pensou nisso antes? Algum membro de alguma realeza passou por isso? Havia precedentes? Jurisprudência? Como tratar com animais selvagens? Isso ajudaria? Livros sobre onças e outros felinos se aplicariam? Nada, nada. Sem bibliografia pertinente.

A PRINCESA LIXOU AS UNHAS, guardou a lixa, batucou a mesa com a polpa dos dedos, quase assobiou. Não parecia preocupada. Sua vontade era de pedra, de aço. Não existia aço, mas existia uma vontade férrea, uma coisa que ela sabia sobre si mesma e da qual não arredaria pé, mesmo com tanta regra e tanta gente para mandar.

– Nem a pau – sussurrou para si, torcendo para que mais alguém ouvisse, em especial alguém que mandasse alguma coisa. Pai demorado. O que será que ele foi fazer?

VEJAMOS QUE, QUANDO uma personagem está em um ambiente e a outra está em outro, elas não sabem o que cada uma está fazendo. A Princesa nem sabia o que o pai tinha ido procurar. Nem passava pela cabeça dela que ele estivesse em busca de um manual para aquele tipo de situação. Já o Rei não sabia nem se a filha ainda estava lá, mas desconfiava de que pelo menos nisso ela ia obedecer. Afinal, era tudo também do interesse dela.

Nós aqui sabemos o que o Rei e a Princesa estavam pensando e fazendo, cada um em seu cômodo do casarão. Isso porque somos uma espécie de entidade que narra. E a Rainha? Voltemos à Rainha por um momento, até para dar certo suspense à narrativa.

RAINHA ROÍA AS UNHAS, de pé, no corredor que ligava a cozinha ao salão onde a filha estava. Pensava: dou ou não dou conselhos? De que valem os conselhos das rainhas para as princesas? Serão apenas repetecos das tradições que todas devem seguir? Uma espécie de gravação hereditária que elas devem reproduzir para que tudo saia bem? Ou não. Uma rainha poderia se rebelar? Conspirar? Contra ou a favor de sua filha? Mas e o maridão?

A Rainha tirou sangue das beiradas dos dedos de tanto puxar pelinhas. Que coisa feia, diria a mãe da Rainha, se estivesse viva. Entro ou não entro nesse salão e digo umas verdades a essa menina? Vou ou não vou à biblioteca e converso com o senhor meu marido?

Enquanto não sabia o que fazer, a Rainha continuava ali parada, de pé, roendo os cotocos das unhas, doida para se sentar no chão, mas não podia. Onde já se viu? Uma rainha!

BOM, FEITO O SUSPENSE, voltemos ao Rei. Ou à Princesa? Para qual deles preferimos olhar primeiro enquanto não estão juntos no mesmo ambiente?

VAMOS AO REI, que parece mais atordoado. De todos e todas ali, é quem mais se angustia no momento. A Princesa tem certeza do que quer fazer (e do que não quer, claro). A Rainha ainda decide se entra aqui ou ali, se interfere ou não e a favor de quem. O Rei, coitado, não tem a menor ideia de como lidar com uma Princesa, sua filha, que simplesmente se recusa a se casar, coisa tão aparentemente óbvia para uma mocinha.

Desce da escada, esbarra num ou dois livros da estante, amaldiçoa os empregados, passa uns minutinhos parado pensando, pensando. É sua oportunidade de criar uma regra ou uma tradição, quem sabe? Mas ele precisa que a Princesa se case com um príncipe escolhido, herdeiro de outro reino, outro trono. Não liga a mínima para o que sua filha deseja e, afinal, nem sabia que mulheres têm essas coisas: vontades, desejos, quereres. Que diferença isso faz? Mas que azar! Logo a filha dele foi ter isso?!

O jeito é sair da biblioteca, voltar ao salão e dar um basta na situação. Diante do risco de que a filha realmente resista, e bravamente, é melhor ter um plano B. Como negociar com ela? Que disparate! Negociar com uma menina! Que desgraça. Nada que dois berros bem dados não resolvessem. O jeito é usar a violência moral. Bater não. Bater não pegava bem para um nobre, mas grito era meio de praxe, previsto nos melhores manuais.

IMAGINEMOS ENTÃO O REI saindo de sua vasta biblioteca, herdada de seus predecessores parentes, riquíssima, cheia de volumes raros, muitos deles realmente lidos. O Rei era informado, estudado, sabido. Mas não sobre princesas que não querem obedecer.

O Rei saiu dessa biblioteca, andou pelo corredor que chegaria ao salão onde estava sentada sua filha, de unhas bem lixadas, assobiando. Deu passos largos, mas seu estômago queria que ele desacelerasse. Que situação sem pé nem cabeça.

Estacou na porta do salão. As duas folhas semicerradas seriam abertas de maneira espetacular. Isso ajudaria a dar mais dramaticidade à cena, talvez impusesse respeito, impingisse algum medo à Princesa, que deveria, afinal, ser uma moça frágil e submissa. Não era.

Empurrou as duas folhas da porta de uma vez, com energia. Vrá! A Princesa estava de costas. Nem viu.

Parou diante dela, do lado de lá da mesa onde ela continuava serenamente sentada. Disse:

– Tenho a solução para o nosso problema.

A filha o olhava firmemente, sem o menor temor. Estava curiosa naquele instante. Uma brisa de esperança tomou-lhe a alma: ele vai ceder. Mas achou melhor esperar pelas palavras. Melhor ver o que ele tinha preparado, sem grandes expectativas.

Nem se deu o trabalho de perguntar. Sabia que a frase ia continuar sozinha. Só manteve o contato visual com as pupilas escuras do pai. Bastou para que ele mesmo seguisse:

– Você vai se casar o quanto antes.

VAI DANDO UMA GASTURA na gente. O Rei não cede, a menina também não. A Rainha fica atrás da porta, em cima do muro. Ninguém se move nesse tabuleiro. Mas do jeito que estava, quem ganharia o jogo seria a Princesa. Se ela se recusasse, de verdade, o que fazer?

– Nem a pau. – Era o que ela não se cansava de dizer, em todos os tons.

Para que a cena ficasse ainda mais tensa, dessa vez ela se retirou do salão. Deixou o pai falando sozinho. Imaginem isso numa família real. Um completo horror. Um desrespeito absurdo, ao qual a Rainha assistiu meio de longe.

Assim que a filha sumiu na curva do corredor, indo em direção ao quarto (podemos imaginar um quarto de princesa, não é mesmo? Pois então), a Rainha se apressou em ir falar com o marido.

Encontrou o Rei perplexo, de pé diante da mesa onde repousava a lixa de unha da filha. Não acreditava. Como era possível tamanha teimosia? Aquilo já passava dos limites. Que limites? E a Princesa lá sabia o que era isso? O Rei pôs a culpa na Rainha, tá vendo, sua filha? Você não ensinou direito, ó. Um clássico isso, não é mesmo? A Rainha engoliu em seco.

A RAINHA ENTROU EM PARAFUSO. O que dizer? O marido precisava de consolo imediato e de uma solução urgente. A filha, não. A Princesa precisava de um psicólogo, de uma assistente social, de um sociólogo, de um profissional desses, menos de um marido, frise-se. Qual é o papel de uma Rainha numa situação assim? Apoiar a filha, que tinha lá suas razões? Ou cuidar do marido no terrível impasse?

A Rainha não tinha a quem consultar. A biblioteca não era dela nem ela tinha passe livre por lá. A Rainha tinha poucas amigas, todas da realeza, como ela, e todas sem qualquer experiência com a desobediência e a rebeldia. Também não tinham noção do trato com moças autônomas, diligentes e pensantes. A quem recorrer? Os manuais de etiqueta real para mulheres falavam dos garfos, das taças e da maquiagem, mas nada sobre decisões importantes.

Até daria para recorrer às entidades divinas, fossem lá quais fossem, mas ela precisava de algo mais prático. Será que conseguiria pensar e distinguir elementos do que estava em jogo ali?

PAREMOS UM POUCO. Inspira... Vamos deixar todo mundo pensando. Expira... Cada um num cômodo do casarão, como sempre. Todos precisam refletir, enquanto os empregados cozinham, o gado pasta e a plebe não tem nenhum desses problemas (mas tem outros, bem mais graves).

Naquele exatíssimo instante, passava pela cabeça de cada um... um pensamento:

Que chatice nascer princesa.

Que situação!

Afemaria!

ENQUANTO A PRINCESA se deitava em sua cama real, de barriga para baixo e pés para o ar (cena ideal para ficar vendo o celular, mas naquele tempo não havia isso), a Rainha se deslocava até o salão onde o marido, absorto, pensava em tomar um uísque. É assim: os homens chiques bebem drinques quando precisam pensar. Cena de novela. A Rainha não gostava disso nem do bafo subsequente, mas entendia. A Princesa não estava nem aí. Nem teria de se preocupar com isso, pois sequer teria um marido bafudo, segundo decidira.

– Meu amor, não é melhor esperar um pouco? De repente ela amadurece e muda de ideia.

Foi o que a Rainha conseguiu enunciar, passando a mão no rosto do Rei. Não era comum tocá-lo, mas naquele momento isso podia ajudar. O "meu amor" também era estratégico, poderia causar algum amolecimento. Tudo ali foi pensado, não nos enganemos. A Rainha não parece, mas é esperta. Não chegou com uma frase direta feito uma seta. Não chegou chegando, chutando a porta, metendo logo um imperativo, por exemplo. Isso causaria imediata reação negativa do marido. Ele poderia se sentir um pau mandado. Não. A Rainha queria descer macio. Não é melhor? Soava suave. Somado ao tom carinhoso, à vozinha estudadamente delicada, poderia fazer um bom efeito. Talvez o Rei até a ouvisse, embora ela soubesse que qualquer boa ideia seria dele, no final das contas. (Aliás, isso hoje tem nome, é *bropriating*, mas naquela época ainda não tinha, embora existisse.)

O Rei sentiu o tranco. A Rainha até que poderia ter razão. A Princesa é muito jovem, verde. Mal menstruara, ele achava. Questão de hormônios, vamos considerar. Toda menina quer se casar e depois ter filhos. Talvez a mocinha tivesse apenas algum atraso de maturidade. Vamos ver. É. Pode ser.

O REI DECIDIU COMUNICAR à Princesa, naquela mesma noite, sobre a decisão que tomara, sem a ajuda de ninguém.

— Vamos esperar mais alguns meses, até que você amadureça e entenda melhor o que significa se casar, o bem que isso fará a todos nós.

A Rainha, um passinho atrás, deixou escapar a subida de um canto de boca. Risinho discreto de satisfação. Ufa. Uma trégua, por enquanto. Vamos lá. Respiremos fundo.

Ao ouvir o pai, a moçoila o que fez? Um muxoxo. Tsc. Lá no fundo de si, já sabia: não vai adiantar. Mas não tinha dó do pai, nem da mãe, muito menos de si. Estava era bem corajosa em continuar a dizer "nem a pau" por tempo indeterminado. Mas deixasse o pai descansar daquele infortúnio. Temporariamente.

Foram todos dormir.

DAQUI PODEMOS PENSAR em várias formas de ver o tempo passar: um relógio com os ponteiros acelerados, o céu escuro clareando rapidamente, umas palavras que nos ajudem a entender que a noite passou, um novo dia chegou e o problema continuava lá.

Dois dias, três dias, um mês, três meses, seis meses. Haja ponteiro. Choveu e secou. O céu viu mil nuvens. Lagartas viraram borboletas. Dinastias inteiras de colibris e borboletas nasceram, viveram e morreram. Uma vaca emprenhou e pariu. Até que o Rei resolvesse retomar o assunto, aquele mesmo.

À mesa do café, com duas broinhas de fubá na mão, sem tirar os olhos do jornal impresso, ele disse:

– Vamos voltar a tratar do seu casamento, minha filha?

A Rainha se engasgou com o miolo do pão, a casca molhada pregada no céu na boca. A Princesa nem se mexeu. Depois de uns segundos como se nem tivesse escutado o descalabro do pai, tirou a lixa do bolso da saia e... já sabemos.

O Rei se enervou. Agora não dava mais. Não estava para brincadeiras. Parecia que, naqueles meses de silêncio sobre o tema, recarregara suas certezas e seus desejos de monarca. A menina ia, *siiiim*, se casar. Ou ele não se chamava Rei.

AQUI PODEMOS ESCOLHER a frase que a Princesa usará para responder ao pai, diante daquela retomada abrupta do assunto indesejado do casório. Qual?

"Nem a pau"? Ou já cansou?

Vamos fazer assim: a Princesa resolveu negociar. É possível isso? Soa suficientemente esquisito? O que faremos com a Rainha diante dessa situação? Podemos sumir com ela de novo, mandá-la para o banheiro com nova dor de barriga ou para a cozinha decidir sobre o almoço. Podemos qualquer coisa. Quem conta é que decide, não é mesmo? Aqui é como se tivéssemos várias câmeras, muitas possibilidades, lentes direcionadas para o rosto de cada um, as cenas, as tomadas. Montemos isso como quisermos.

Para evitar o bordão "nem a pau", vamos então pôr logo a Princesa na arena a desafiar o pai, o Rei, que quer que ela se case logo, e agora com mais firmeza. Foi possível adiar por um tempo essa encrenca, mas agora a coisa parece ter recrudescido. Ela sentiu na voz do progenitor um traço de guerra. Trovão, tempestade armada. Vamos respirar fundo. Ela terá de ser firme e forte. Coragem. Ele dera dois passos atrás, mas era para tomar impulso.

Não sabemos vocês, mas por aqui já temos um lado. Não dá mais para disfarçar: torcemos pela Princesa. Se ela tem suas vontades e as conhece, se não quer se casar, que mal há? Mas nem todo mundo ficará satisfeito com isso. Nesse caso, tentaremos neutralizar ao máximo a narrativa, a fim de que tudo possa ser visto com alguma transparência. Mas será que tem jeito?

CHEGA DE RODEIOS. É hora de ver a Princesa enfrentar o pai sobre o negócio do casamento com um príncipe que ela nem conhece. Talvez nem o pai conheça ainda. Isso é só um arranjo que quase todo mundo ali acha que precisa ser feito. A explicação costuma ser interessante: porque sempre foi assim. Há uma variação: porque é assim que é. E isso costuma bastar para ajeitar tudo para uns, embora outros mergulhem em sofrimento.

A Princesa não estava a fim. Nasceu sozinha, queria morrer sozinha. Não falava nada, não espezinhava, mas olhava a mãe de soslaio e pensava: como ela aguenta? Olhava o pai e seu manto, seu cetro, suas coroas para várias ocasiões, pensava: e daí? Não queria nada daquilo, menos ainda um marido, que era o item que menos lhe interessava de todos.

Bom, mas se não vai se casar, o que uma princesa pode fazer então da vida? Vamos lá.

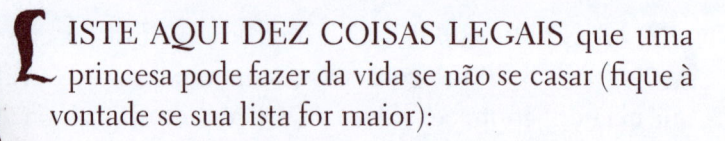

LISTE AQUI DEZ COISAS LEGAIS que uma princesa pode fazer da vida se não se casar (fique à vontade se sua lista for maior):

1- ....

2- ....

3- ....

4- ....

5- ....

6- ....

7- ....

8- ....

9- ....

10- ....

VAMOS DAR NOSSO PALPITE.

Uma princesa pode, por exemplo, estudar. Não em todo reino. Há uns em que mulheres não estudam, de forma alguma. Uma princesa pode querer viajar, cuidar de um reino sozinha ou criar dezenas de bichos de estimação. Uma princesa pode pensar em muitas coisas que não gastaremos tempo examinando aqui. O fato é que uma princesa pode achar que tem opções. No entanto, ela pode ter de enfrentar o pensamento e as decisões de outras pessoas.

Essa nossa Princesa não sabia exatamente o que queria fazer. Ela só sabia o que não queria. Isso já bastava para muita coisa.

ESTAMOS AQUI ESPECULANDO se essa Princesa sofria de alguma doença mental. Não. Talvez ela tivesse algum trauma. Parece que não. Também não tinha nada contra os homens ou contra os maridos em geral, desde que fossem maridos de outras mulheres. Ela só não queria um para ela. Parece simples, mas estamos vendo que não é.

Para que isso fosse simples, teria de haver uma coincidência entre o que a Princesa pensava e queria, entre o que o Rei queria e, talvez, entre o que a menina e sua mãe quisessem e pensassem. Só que, como vimos, essa coincidência não existia. Cada um para um lado e a Rainha ensaiando apoiar a filha, mas meio sem certeza.

Uma princesa que não se casa causa um abalo político, econômico, diplomático, bio-hereditário, de costumes, de tradições. Por isso ela pensava, sempre, enquanto lixava suas unhas reais: que saco.

—**P**AI. NÃO. A resposta definitiva é *não*.
(Liste aqui ao menos três músicas de fundo para aumentar a dramaticidade da cena, a contundência da menina e a cara de espanto do Rei.)

1- ....

2- ....

3- ....

CURTA, DIRETA. É assim que a gente gosta. Foi precisamente o que a Princesa desta história resolveu dizer, sem rodeios, sem meias palavras. Na verdade, as palavras são curtas, mas são inteiras, certeiras.

Como já imaginávamos, a Rainha correu para o banheiro. O Rei caiu sentado, com o melão na mão mesmo. Não podia acreditar em tamanha insolência. E sentiu-se indefeso. Sequer podia contar com sua vasta biblioteca de livros raros, enciclopédias e manuais. Diríamos hoje: lascou-se bonito (há versões mais malcriadas que evitaremos).

*I*MPASSE É O NOME DISSO.

Ela não quer. O Rei manda. Há aqui um problema de hierarquia. A Rainha pode sumir da cena porque não apita nada e parece que está mesmo com medo de tomar partido, ainda mais agora que a coisa esquentou.

– O que você propõe então, sua peste? – disse o Rei, tremendamente irritado.

– Um desafio. Vou artesanar um objeto. Não me caso enquanto um príncipe ou um homem, qualquer que seja, não adivinhar do que é feito tal objeto. Está bem assim ou tá difícil?

Olha ela negociando. Ela acha que pode ganhar tempo, é o que nos parece. O Rei, de tão nervoso, não conseguia pensar nada com clareza. Achava que era insolência demais, em excesso, caso de punição severa, mas ainda tinha algum juízo como pai zeloso. Pensava também, aos trancos, que a menina tinha essa ideia estapafúrdia, propunha um torneio de rapazes candidatos, que isso daria uma trabalheira danada de organizar, mas que ela sairia casada do pleito. O Rei acreditava que poderia ganhar a parada, lá na frente, mesmo que perdesse um tempo com esse capricho da gaiata.

– Como proceder?

– Deixa, pai. Ninguém saberá de que é feito o objeto.
Nem o senhor (deixa eu tratá-lo com respeito). Nem a mãe.
E se algum rapaz adivinhar... prometo ser transparente e ver-
dadeira, alertar que está tudo descoberto. E aí me caso. Argh.

O REI ACEITOU A APOSTA. Era o que restava, antes de
partir para a ignorância. É desses que evitam a ignorância,
deixam para o último caso.

AQUI VÃO SE PASSAR meses de novo. É melhor sentar e esperar.

Enquanto a nossa vida corre, a Princesa arranjou seu expediente para enganar os coitados dos candidatos a desposá-la. Alguém imagina o que seja? Pois pode ser bom imaginar.

Liste aqui três coisas difíceis de adivinhar. Vamos ajudar a Princesa a enganar os candidatos a marido (que ela não deseja)?

1- ....

2- ....

3- ....

MESMO SABENDO que aquela moça não desejava marido, que isso correu como notícia exótica, principalmente em uma imprensa dada ao sensacionalismo e à fofoca, o que não faltou foi candidato. Mesmo sabendo que o Rei ia se enfurecer, que eventualmente poderia mandar matar um ou outro, que a Princesa poderia ridicularizá-los, que a Rainha poderia desprezá-los, teve fila de rapazes tentando adivinhar de que era feito o objeto da Princesa.

E ainda não revelamos o que era, mas agora vai: uma almofada. Alguém por acaso adivinhou?

NOUTRO TRUQUE TEMPORAL, vamos agora contar o que foi que a Princesa engenhou, em segredo para o pai e a mãe, a fim de garantir sua solteirice e, afinal, sua relativa liberdade.

Numa tarde primaveril, enquanto ela e a Rainha se bilubiluzavam docemente, a conversar futilidades, uma no colo da outra, alternando, ajeitando seus vestidos, mexendo nos cabelos, sob a luz que vinha da janela e a ouvir cantos de pássaros lá fora, eis que a Princesa retira, sem estardalhaço, um piolho bem nutrido do couro cabeludo da mãe.

Podemos parar aqui para nos surpreender: mas rainhas têm piolhos? Aqui estamos livres também para sentir nojo, curiosidade, gastura. Tirar piolho é desagradável. Já tiraram? Eles se movem pela cabeça, às vezes estão aferrados à pele, chupando sangue, engordando feito bois. Tirá-los é uma espécie de caçada. Depois de achar um, é preciso escorregá-lo pelo fio do cabelo até tê-lo inteiro entre duas pontas de dedo ou as unhas. Daí em diante é mais nojento ainda. É mister apertá-los, ouvindo aquele estouro, que pode significar um jorrinho de sangue chupado, ou não, quando o bicho ainda não estava preenchido. Nhaco.

Mas a Princesa não teve esse trabalho de matar o piolho. Ela apenas o retirou e guardou num bolso. Só mesmo numa história assim é que isso acontece. E, de fato, aconteceu. Não surgiu do nada. Se está dito, é que passou pela mitologia do povo. E seguimos.

*A*INDA EM *FLASHBACK*, em clima de suspense e segredo, sabemos que a Princesa tem um piolho no bolso, dos grandes. E é a isso que ela vai se dedicar por algumas semanas.

Ninguém, nem a Rainha, desconfia que a Princesa cria um bicho desses com a finalidade de resolver a questão do marido, aliás, do não-marido. A moça acorda de manhã, abre as folhas envelhecidas do janelão do quarto de princesa, dá uma espreguiçada pouco digna de uma membra da realeza, diz bom dia, vida, bom dia, flor, bom dia, colibri, volta para dentro do quarto e passa aos cuidados com o piolhão.

Ele fica escondido numa caixinha dentro do armário.

Essa Princesa, como é meio diferentona das outras, que são todas meio iguais, goza de alguma privacidade, então ela consegue, mais ou menos tranquilamente, ter uma caixa com um piolhão dentro do armário de roupas, despistada, parecendo uma simples caixa de sapato.

Os cuidados com o bicho são basicamente ligados à alimentação.

Vejamos numa enciclopédia do que vive um piolho do mundo real.

SEGUNDO, POR EXEMPLO, uma enciclopédia famosa na internet, os piolhos podem ser exclusivamente hematófagos, ou seja, se alimentar só e somente de sangue,

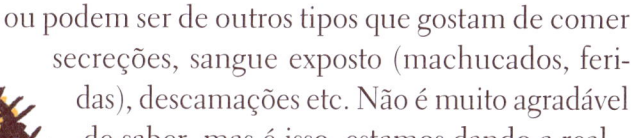

ou podem ser de outros tipos que gostam de comer secreções, sangue exposto (machucados, feridas), descamações etc. Não é muito agradável de saber, mas é isso, estamos dando a real.

Para evitar que o leitor ou a leitora espertos nos considerem incoerentes, sem pé nem cabeça, vamos explicar que lá naquele reino, onde uma Princesa se recusa peremptoriamente a se casar, não existe internet. Mas isto é um relato, uma história, uma narrativa de ficção, embora possa muito bem servir para pensarmos a vida como ela é. Daí que podemos dar saltos temporais e tecnológicos e consultar a internet, quando for o caso. Foi o que fizemos por ora, apontando para fora da história, mas esclarecendo bastante algo sobre ela. Afinal, o piolhão se tornou uma personagem importante deste enredo emaranhado e antimatrimonial.

Fato é que, além da enciclopédia colaborativa famosa, consultamos também o site da Fiocruz, importante instituição de pesquisa brasileira, entre outros que esclarecem, explicam e ensinam coisas sobre piolhos. É cada coisa interessante e cada palavra bonita que a gente aprende! Dá gosto. Tudo com muita segurança e cuidado para não sermos enganados por falsidades e mentiras.

O piolho da Princesa era do tipo exclusivamente hematófago. Opa, que bela palavra. Dá vontade de ir a um dicionário. Não iremos porque já sabemos, mas quem não sabe deveria mesmo ir, fazer um passeio pelas entradas e pelas definições. Hematófago, como sabemos, é o que bebe sangue, é o que explica a própria palavra, em sua origem. E ela veio caminhando assim até hoje. Chegamos a nos arrepiar.

Há outras informações interessantes que podem servir para explicar por que um piolho teria sobrevivido à vida numa caixa de sapatos, aos serviços de uma princesa diferente, rebelde para os padrões do seu reino. Os piolhos são parasitas ápteros (eita, outra palavra linda!), isto é, vivem na aba de outros seres que tenham sangue e não têm asas. O áptero diz respeito a esta última característica.

Muito mais informação está disponível na web sobre os piolhos e sobre qualquer coisa. Em palavras, em vídeo, em áudio, tudo junto, do jeito que for. Mas basta, por ora, saber isso que trouxemos aí acima.

Bom também saber que se trata de um bicho que transmite doenças, que tem antenas, que é cosmopolita. Vejam que chique. Mas isso não significa que eles falem muitas línguas e sejam viajados, não exatamente. Quer dizer que são encontrados em todos os continentes deste pobre planeta piolhento.

D AÍ QUE A PRINCESA, sabendo algo sobre isso, tratou de dar conforto e condições para que seu piolho salvador crescesse, se desenvolvesse, robustecesse, encorpasse, como se criasse uma galinha, um galo, um porco, como se fosse a bruxa da história de João e Maria, só que escondido no armário do closet e para outras finalidades.

Deu sanguinho que arranjou em outros bichos e até em si mesma, cuidou, tratou. O piolho só fez se desenvolver, tomando até certo gosto pelo luxo em que viveu, enquanto viveu.

A despeito desse tempo passado na companhia do ecto-parasita, a Princesa não se apegou. Só queria um dia resolver seu velho problema: evitar um marido.

PASSAREMOS O TEMPO DE NOVO. Podemos escolher diversos modos de demonstrar isso, ainda mais se esta história estiver passando feito um filme em nossas criativas cabeças. Vamos imaginar aí, então, que as cenas sejam exibidas em velocidade acelerada. Veremos, bem rapidinho, o Rei se levantando, tomando café à mesa; a Rainha acordando e indo atrás do marido; a Princesa abrindo as janelas, se espreguiçando e indo tratar de seu hóspede sem hospedeiro.

Um dia, quando nossa velocidade de exibição de imagens volta ao normal, veremos a Princesa olhando longamente para o piolhão parrudo, quase não cabendo mais na caixa. Não, não era afeto. Era ela pensando se já estava na hora de fazer o que havia prometido ao pai, levar a cabo o tal desafio que a desviaria para sempre de ser esposa de alguém, que infortúnio. Olhava aquele piolho enorme, horroroso, mas tão útil, e avaliava se já podia partir para a próxima etapa do plano.

SEGUNDO NOSSAS PESQUISAS, os piolhos têm entre 0,5 e 9 milímetros. Os normais, não os criados por essa Princesa. O piolho dela, no caso, já dava para fazer uma almofada redonda de 40 centímetros (não milímetros!) de diâmetro. Um sucesso absoluto. Que plano, que empreitada!

Nesse dia, ela passou vários minutos observando o bicho, mexendo nele, fez até cócegas na barriguinha. Enganou o parasita, deu corda, mas tinha planos muito específicos para ele.

– É hoje.

JÁ SOUBEMOS, PÁGINAS ATRÁS, que um piolho catado na cabeça geralmente morre estourado, espremido. O piolhão desta estranha história de princesa não dava mais para entrar nessa categoria de assassinato. Era muita nojeira. E a Princesa não estava disposta à sujeira que isso provocaria. Nem nós estamos. Cenas muito fortes para uma narrativa juvenil ou quase adulta.

No entanto, sabemos: a imaginação é livre.

Fato é que nossa Princesa teve de arranjar outro jeito de matar o bicho. Não foi difícil, embora manter segredo naquele reino fosse complicado.

Naquele dia, depois de abrir as janelas, parará, parará, ela desceu as escadas, passou pelo jardim tão furtivamente quanto possível, andou pelas ruas, tão discretamente quanto teve jeito, entrou na farmácia mais afastada do casarão real e comprou um remédio mata-piolhos.

Na internet, podemos encontrar muitas receitas caseiras para matar esse parasita, assim como os nomes dos fármacos que servem mais cientificamente para isso. Nossa Princesa põe fé na ciência e na tecnologia de então. Não é dessas de crendices. Já foi logo à botica e pediu o que queria, o mais forte e efetivo. Pagou em dinheiro, para não deixar rastro. Voltou logo para o casarão com o vidrinho embaixo das saias, fez o trajeto de volta ao quarto e trancou-se lá.

ODEMOS AGORA ENTRAR no quarto com ela. Talvez alguns de nós estejamos nos perguntando pelo Rei e pela Rainha, que andam sumidos da história, mas é que, como anunciamos, trata-se de um *flashback* para explicar a trama da Princesa nesse tempo todo, antes de pôr em prática o tal desafio feito ao pai, mas especialmente aos infelizes candidatos a seu marido (dela, não dele).

Lá trancafiada, a Princesa pegou no piolho pela última vez, reiterando seu desapego pelo bicho. Ele estava, pela primeira vez, em jejum. A ideia era diminuir o risco de algum estrago, além de aumentar a absorção do remédio. Gotejou, exageradamente, o líquido pela goela do parasita, que, sôfrego, engolia tudo como se fosse água. Nem deu tempo de sentir o gosto ruim. Remédio gostoso só mesmo aqueles para febre de criança, com cheiro de morango.

Glut, glut, glut. Pronto. Era uma overdose, afinal. Era esperar.

ENQUANTO O PIOLHÃO BOMBADO sofria um pouco os efeitos do remédio matador, a Princesa lixava as unhas sentada na beira de sua cama. De vez em quando, levantava o olho, observava, ainda não, voltava à lixa, levantava o olho, voltava, ainda não, voltava à unha, arredondava, verificava, aqui, acolá, ainda não. O piolho estertorava um pouco, mas nada muito assustador, porque esse animal não faz barulhos. Não tem guincho, urro, berro, silvo, gemido, grunhido, uivo, nada. Mais fácil.

A hora em que ela notou a falta total de movimentos do ectoparasita (não, ela nem deu nome a ele, para evitar apegos também), foi lá, balançou a caixa, verificou os sinais vitais do piolhão e passou à próxima etapa, para a qual será preciso ter estômago, gente. A Rainha, por exemplo, não aguentaria.

CORTA DAQUI, CORTA DALI, tira primeiro a cabeça, depois as patas. Não ter asas ajuda. Grande, duro, uma espécie de couro duro, estranho, com protuberâncias que parecem cravos, escuro, cinza cor de grafite. O corte redondo, 40 centímetros, um disco, mas ainda era preciso limpar por dentro.

Para executar esse trabalho todo, a Princesa se valeu de conhecimentos que angariou lendo escondido e misturando técnicas, sendo criativa, fazendo remix e *sample*. Mesclou técnicas culinárias de cortar e limpar camarão e crustáceos; técnicas de costura de tecidos resistentes, como jeans, couro e outros; um pouco de moda, decoração, bricolagem, gastronomia e medicina legal, isto é, alguma coisa de necropsia e funilaria, até. Com isso tudo junto, conseguiu dar forma ao couro do piolhão e fez para si um belo e estranhíssimo travesseiro, uma almofada, melhor dizendo, que poderia enfeitar qualquer castelo de outras eras, mas que serviria para muito mais do que isso: afastar um marido.

VOLTEMOS AGORA AO TEMPO PÓS-PIOLHO, só nós depositários do segredo da Princesa.

Nem o Rei nem a Rainha, lembremos, têm a menor ideia sobre a almofada de couro de piolho. Não fazem ideia, nem mesmo a distraída mãe da Princesa, dona da cabeça oca de onde o piolho chupou seus primeiros mililitros de sangue real.

Vamos pular a parte do acordar, abrir janelas, espreguiçar, parará, parará. Vamos direto à mesa do café. O que preferimos? Um dia ensolarado, com passarinhos no beiral? Ou um dia nublado, cinzento (queríamos usar "plúmbeo", mas achamos demais), com cheiro de chuva próxima?

Bom, vamos deixar a ambientação para lá. Digamos que o que interessa mesmo é o ambiente interno. Corta para a mesa.

– PAI, MÃE, já tenho o desafio aos meus pretendentes.

A Rainha se engasgou com o miolo do pão, de novo. O Rei estacou. Deixou cair a fatia de melão no forro recém-trocado da mesa e tirou imediatamente os olhos do jornal que lia.

– Oi?

– É isso. Já tenho. Pode anunciar, se quiser. Mas aviso: anuncie que a encrenca é grande. Toque o terror, porque eu acho que ninguém nunca vai adivinhar meu segredo e eu vou ficar solteiríssima e livre, do jeito que quero. Não diga por aí que vou me casar. Não faça propaganda enganosa. Evitemos a judicialização da coisa. Já diga que as chances

são pequenas de o casório sair. Se quiser, contrate antes um estatístico, explicite a matemática do lance. Não quero ser acusada de golpista. Já dê a real.

O Rei não conseguia articular nada. A Rainha nem tentou, ainda às voltas com o pão entalado. Melhor assim.

– Não vai dizer nada, papai?

A Princesa provocou, espezinhou, tripudiou. Onde já se viu chamar assim o pai na chincha? O Rei respirou fundo e alto, recolheu a língua e elaborou esta sábia frase:

– Bora lá.

PODERÍAMOS FICAR AQUI contando miudezas sobre os dias que se seguiram, os preparativos, as dores de barriga da Rainha, ansiosa que só. Também sobre as desconfianças do Rei, mais severo por aqueles tempos. É de destaque saber que cartazes foram pregados em tudo quanto é comércio da região, dentro e fora do reino, em especial fora, para anunciar o desafio da Princesa que não desejava se casar. Cartazes em papel cuchê, coloridos, em boa resolução, coisa fina de reino poderoso. Cartaz tipo banner, em lona, mas também lambe-lambes em postes.

Não tinha graça pregar cartaz só naquele reino. Melhor mesmo, no pensar do Rei, era achar um marido de outro reino, a fim de anexar territórios e terras, incluindo gado, pasto e gente. Então imprimiram muitos cartazes, tecnologia disponível já à época.

Como sempre tem o engraçadinho que arranca o cartaz da parede, rasga, desenha bigodinho e chifre no retrato, rabisca palavrão em cima dos dizeres, o Rei anunciou também uma série de punições duras para quem fizesse desses vandalismos. O negócio era casar logo essa Princesa.

CHAMADA ABERTA

PARA CANDIDATOS A CASAR-SE COM A

Princesa resistente

DO REINO DESTE REI ATORMENTADO.

Ver edital diretamente na secretaria do casarão, à rua da praça principal, sem número. Adianta-se que será preciso passar por um desafio difícil, complexo e complicado para alcançar a graça inigualável de desposar a jovem da realeza.

***

O edital, caros e caras, era objetivo e direto. Continha as regras para concorrer, tinha uns poucos anexos que solicitavam dados dos candidatos etc. Um edital é um edital. Mas aquele não previa prazos de homologação ou recursos.

PODEMOS DAR MAIS UM SALTO NO TEMPO? Seria demasiado repetitivo narrar mais acordares, espreguiçares, cafés, engasgamentos, melões, jornais, conversas atravessadas (que ninguém estava para afetos naquela fase), nervosismos, maledicências, burburinhos.

Além disso tudo aí, que dispensaremos da narrativa, saltaremos também mais preparativos, mais leituras escondidas, mais pesquisas do Rei, mais dores de barriga da Rainha, mais pregação de cartazes, inscrições na secretaria, rapazes atrevidos, rapazes intimidados, moços alpinistas sociais, moças também, sem preconceitos.

Outras coisas a saltar ou, melhor, a deixar para a fértil imaginação nossa: esparsas punições para vândalos dos cartazes, em especial os afixados em bares onde se bebe álcool; uma ou duas manifestações feministas a favor da libertação imediata da vida da Princesa; três ou quatro manifestações conservadoras pedindo mais rigor e transparência no processo de casar a moça, que, *siiiim*, tinha de se casar e dar sequência ao que sempre tivera sequência. De preferência, igualzinho.

Saltemos, saltemos. Ou, melhor, imaginemos aí, pelo tempo que for. Tudo na pequenez do passar dos dias, sem grandes distúrbios que não esses, sem perturbações maiores. Nenhuma ocorrência policial. O Rei razoavelmente satisfeito, conferindo, todos os dias, a quantidade de inscrições, lendo as fichas dos candidatos, principalmente para saber de onde provinham e o tamanho da riqueza de seus reinos de origem.

A Rainha ia tentando se distrair. Torcendo pela Princesa, por dentro. Por fora, fazendo a sonsa. Não tinha coragem de se exprimir, de todo modo. E morria, morria, morria de curiosidade de saber do que era feita aquela almofada horrorosa e um pouco repugnante.

COMO JÁ SABEMOS, não existia Google na época, então fica mais difícil gerar aqueles gráficos dos formulários automáticos. Confessamos nossa curiosidade em saber as idades, as origens, o tamanho das riquezas e outros atributos dos cerca de mil e duzentos candidatos à mão da Princesa do reino do Rei desafiado.

Mil e duzentos. 1.200. Redondo. Tudo conferido, reconferido, auditado até. Fichas completas, rapazes e moças de todas as idades a partir dos dezoito anos, de todas as cores, raças, alturas, pesos, tamanhos de pé, tipos de cabelo, gostos musicais, níveis de escolaridade, religião, crença, profissões.

O Rei andava satisfeito com o projeto e esperançoso, na verdade, confiante de que a filha terminaria a semana casadíssima. Acabaria aquele tormento e teriam feito um bom negócio. Deixemos a Rainha de lado, por ora.

NOSSA IMAGINAÇÃO PODE agora descansar. Vamos retomar do dia em que o Rei chegou à sacada real e chamou o primeiro da fila, que vinha trazendo, trêmulo, uma senha na mão direita. Lá embaixo, mostrada por dois guardas parrudos, a almofada misteriosa e um pouco asquerosa.

Em alto e bom som, o Rei perguntou ao primeiro candidato (esta era a prova):

– Rapaz, você tem dois minutos para examinar essa almofada. Ao final, diga-nos, objetivamente: de que material ela é feita?

MIL E DUZENTOS VEZES DOIS. Façamos a conta. Aqui temos um problema de matemática que deságua na logística do reino. São dois mil e quatrocentos minutos. Isso dá quarenta horas. São pouco menos que dois dias. Considerando os intervalos para alimentação, higiene, sonequinha etc., deu aí uma semana de gente tentando adivinhar do que era feita a almofada esquisita da Princesa.

A MOÇA MESMA NÃO ESTAVA NEM AÍ. Foi obrigada a ficar na sacada ouvindo tudo, já que só ela tinha a resposta correta, mas guardava a certeza de que ninguém adivinharia. Era muita esquisitice para alguém imaginar. Só uma mente muito bizarra poderia alcançar a graça de se casar com ela, aliás, pondo-a em desgraça. Então ela dormia, lia escondido, acordava, tomava café, piriri, pororó e ficava ali sentada, lixando as unhas, ouvindo as vozes diferentes que erravam feio sobre a almofada.

A Rainha não tinha estômago mesmo para nada daquilo. Passava os dias e as noites, até em sonhos, a pensar de que era feita a almofada, afinal. Não tinha coragem de perguntar à filha e, de certa forma, considerava melhor nem saber mesmo. Era uma espécie de questão ética. Deixa o mistério ser mistério. A Princesa era a única a saber a resposta.

O Rei participava ativamente da atividade toda. Não chegou a torcer por ninguém em particular. Nos momentos em que chegava na sacada para assistir às centenas de tentativas, reconhecia uns candidatos, abanava a mão para um ou outro, ignorava quase todos, imaginava se estaria ali um bom partido para sua filha, um bom negócio. Ficava ansioso e dormia mal naqueles dias. Para ele, a semana se arrastava. Estava louco pelo resultado ou pelo momento em que alguém adivinhasse a resposta, a Princesa acusasse o recebimento, as trombetas tocassem e pronto. Daí era marcar o casório real.

O S DIAS SE PASSAVAM e ninguém. Ninguém. Nenhuma alma chegava nem próximo de dizer que aquela almofada escura, estranha, meio porosa e um pouco repugnante era feita de couro de um piolho hipertrofiado. Tinha gente que tentava seriamente, dizia coisas até pertinentes; outros claramente chutavam e erravam. Muita resposta repetida, muita perda de tempo.

É de vinil, *plush*, chamoá, linho rústico, um tipo de renda. Povo chique esse. Os mais descolados diziam coisas como jeans, sarja, napa. Vai que é de algodão 100% ou viscose. Os mais atentos até entraram no reino animal: couro de cobra, jacaré, vaca, touro, capivara, carneiro, lontra, elefante, hipopótamo. Olhavam pela cor, pela textura, pelo cheiro até. Alguns falavam espécies, tocavam e testavam na ponta da língua, sem saber onde se metiam. Havia quem arriscasse coisas mágicas: dragão, unicórnio, centauro. Mas nem perto do piolhão bombado.

OS DIAS IAM PASSANDO e a Princesa ia relaxando de vez. O Rei ia ficando frustrado, decepcionado, nervoso. Em dado momento, começou a querer degolar quem errasse. Mas aí alguns conselheiros sensatos disseram que não havia cemitério suficiente naquele reino. Melhor deixá-los ir sossegados.

A Rainha aparecia raramente na sacada e voltava correndo, com engulhos. Ô mulher fraca para situações difíceis. Mas, lá no coração dela, ela torcia era para a Princesa, que, afinal, quebraria um ciclo chatíssimo de tradições. Quem sabe?

A SEMANA ESTÁ PASSANDO LENTA em nossa narrativa. Pode ser enervante para o leitor e a leitora, mas é interessante para nós, que queremos aumentar a tensão sobre como as coisas se desenrolaram naquele reino onde uma Princesa, pasmem, não queria se casar nem a pau.

Mas, não há mais como evitar o desfecho. Chegou o sábado, hora do almoço. O Rei e seus assistentes chamaram o último candidato:

– Próximo!

Parecia repartição pública de filme. Um tédio danado no ar, ninguém aguentava mais falar "próximo", a palavra saiu automática, monótona, mas aliviada. O fim do expediente se aproximava. Ia sextar.

O REI ESTAVA FRUSTRADÍSSIMO, tenso, triste. Nem por isso chegava a despertar pena na Princesa, que, de sua parte, estava segura, plena, aliviada. A Rainha estava no banheiro.

Os funcionários e as funcionárias do reino começavam a recolher as coisas, cadeiras, fitas, cartazes, estava liberado o bigodinho na foto, tocar fogo na papelada. Começou a limpeza do chão, inclusive para tirar o cheiro de xixi das redondezas, com tanto homem urinando de pé em árvore e poste. A Princesa só ficava mais certa do que não queria.

Até que, lá por último, quando tudo parecia perdido (para o Rei) ou resolvido (para a Princesa), uma voz vacilante anuncia:

– Esta almofada, minha gente, é feita do couro de um piolho.

SE ESTA NARRATIVA FOSSE uma novela de tevê, este seria o momento em que o capítulo se acabaria, com algum efeito de suspense (cor, congelamento, música), e só teríamos notícia do que aconteceu no dia seguinte, depois dessa resposta correta. Podemos até sonhar com essas coisas quando estamos muito envolvidos na história. Mas não é para tanto.

Que tal listar aí mais três músicas – é *playlist* que fala? – que ajudem a dar o clima desta cena?

Vamos a ela, que promete.

1- ....

2- ....

3- ....

COMO O MOMENTO ERA DE FINALIZAÇÃO, de apoteose, tanto a filha quanto o pai, interessados e em disputa no pleito, estavam sentados na sacada, curtindo os derradeiros segundos do grande acontecimento que parecia não dar em nada (para ele) e em tudo (para ela). A Rainha também estava logo ali atrás, sem aparecer direito, mas com o coração acelerado.

Ao ouvir o enunciado que respondia corretissimamente ao desafio da Princesa ao pai e a todo o reino, a cena ficou assim (várias câmeras):

A Princesa tirou imediatamente os olhos das unhas e da lixa e se viu obrigada, por questões éticas, a acusar a resposta certa. Disse, em voz trêmula:

– Ele acertou. – Sem o menor entusiasmo, como era de se esperar.

O Rei, que já entregara os pontos e já se via sem descendência, ficou de queixo caído, completamente besta com o fenômeno. É bom que se esclareça que ele ficou tão chocado com o acerto do jovem ali embaixo quanto com a informação sobre a tal almofada.

A Rainha quase caiu para trás. Deu um risinho discreto e se lembrou, ah, sim, dos momentos em que a filha lhe catava piolhos, gentilmente, como duas símias afetuosas. Então era isso. E se sentiu secretamente feliz por ter parte naquela emboscada, que, infelizmente, parecia que terminaria bem (para o Rei) e mal (para a Princesa).

E AGORA? Ninguém tinha pensado muito no que fazer se um cara, finalmente, acertasse que a almofada meio nojenta era de couro de piolho. Com o passar dos dias e o escoamento das esperanças, de certa forma, o Rei e seus seguidores passaram a considerar, internamente, que não haveria mesmo noivado nem casamento, e aí não deram bola para os procedimentos posteriores.

Como faz, agora? Toca a ler manuais.

D ESTA VEZ, SIM, os manuais explicavam e determinavam procedimentos sobre casamentos na realeza. Nada muito específico sobre adivinhações, almofadas e desafios aos costumes, mas era preciso conhecer de perto o noivo, ter uma conversa séria com ele, saber de onde vinha, quem era, o sobrenome, os alqueires a herdar, as cabeças de gado, os tratores, os hábitos, mesmo que fossem muito diferentes. Tinham de ver dote, preferências, alinhamentos e, claro, apresentar a Princesa, finalmente.

Algum constrangimento era esperado, pois todos e todas, no reino e alhures, sabiam que aquela treta toda acontecia justamente porque a Princesa não queria, nem a pau, se casar. Então já era assim meio estranha a aproximação.

Há homens que não ligam a mínima para o que uma moça quer, mas há alguns que, sim, ligam, e podem preferir que haja gosto de parte a parte.

Depois de meia dúzia de consultas a manuais mais à mão, o Rei decidiu:

– Rapaz, volte amanhã cedão, ali pelas 7h, e tome café conosco, lá dentro do casarão. Venha penteado, escovado, bem-vestido e perfumoso, se puder. Vamos fazer as apresentações, conversar e combinar o que precisa ser combinado.

Ao que o rapaz aquiesceu apenas com a cabeça, sem um fio de voz, dando uma ré de três passos e depois virando-se para o lado oposto ao do casarão, indo embora sabe-se lá para onde. Voltaria, isso é certo.

**V**AMOS SALTAR OU VAMOS IMAGINAR?

Como foi que a Princesa, o Rei e a Rainha reagiram, naquela noite, aos acontecimentos?

Ninguém viu tevê normalmente, ninguém tomou banho direito, ninguém dormiu a contento. Foi uma dispersão danada. Ansiedade aqui, medo ali.

A Rainha no meio de tudo, olhando de cá e de lá, um olho no peixe, outro no gato, sem atacar nenhum.

O Rei dormiu mal porque estava aliviado, até feliz.

A Princesa dormiu mal porque, que porcaria! Deu errado. E pensou muito sobre como é que aquele pangaré tinha dado a resposta certa? Como alguém, em sã consciência, pode dizer que uma almofada real seja feita a partir do couro de um piolho engordado numa caixa de sapato? Bom, esses detalhes ele não sabia, mas como assim? Por quê? Será que a informação tinha vazado? Ninguém mais sabia, poxa. Como é que se dorme com um barulho desses? E como seria se casar com um cara desconhecido, sem a menor vontade de obedecer ao pai, à tradição, aos rituais e o escambau?

E ela começou a imaginar a solução: bora resistir e desobedecer de novo?

ESTA ALTURA, sabemos que isto é ficção. É uma história inventada, que contamos uns aos outros, infinitamente. No caso, aqui, fizemos algumas adaptações, mas é basicamente isto. Este enredo piolhento foi ouvido de outra pessoa, que contou para outra pessoa e assim por diante, até chegar aqui. E isto é para dizer que podemos já seguir para os finalmentes, quando, depois de acordar, abrir janelas, parará, parará, o Rei, a Rainha e a Princesa puseram as seis mãos à obra para arrumar a mesa e receber o rapaz que acertara a bendita resposta do desafio da almofada estranha e um pouco nojenta.

Àquela altura, a Princesa já havia desenvolvido até certa curiosidade pelo rapazote de voz fraca. Corajoso, ele. E nada pretensioso. Disse como quem não quisesse nada. Era o que parecia. Estava mais interessado em acertar e ganhar tipo uma nota máxima do que propriamente em ser marido de princesa.

Uma cadeira puxada a mais, xícara, pires, talheres, pratinho, guardanapo em quatro lugares; não em três, como de costume. A Rainha até com um pouquinho de animação. O Rei meio cabreiro, mas confiante.

Os empregados atendem à porta. Avisam, em voz solene: o candidato aprovado (ouvem as trombetas?).

SE AQUI TIVÉSSEMOS uma história de princesa comum e previsível, seria o momento de ver o moço adentrar o salão da mesa do café, mais ou menos triunfal, sendo visto por inteiro, de baixo para cima, nos detalhes da vestimenta, de sua postura, de sua atitude. A visão de baixo para cima é interessante porque deixa por último a cereja do bolo: uma expressão resoluta e um sorriso campeão num rosto masculino jovem e desafiador. O topete, os traços fortes, o nariz pronunciado, a barba feita, a covinha no queixo.

Mas... esta história foge dos padrões, digamos assim, justo porque a Princesa que a protagoniza pretende não se casar, algo que não se espera de uma princesa, de um reino, de uma história deste feitio.

O que de fato aconteceu foi que adentrou o salão e sentou-se à mesa, sem a menor cerimônia, o atendente da farmácia. Isso mesmo. Lembram-se dele?

EJAMOS A FICHA do vencedor adivinhão, bom investigador:

Nome: (omitiremos por questões éticas)
Idade: 22 anos
Naturalidade: (o reino ali mesmo)
Signo: Libra
Pai: desconhecido e irresponsável
Mãe: (omitiremos por questões éticas, mas é viva e goza de boa saúde)
Altura: 1,67 m
Peso: 65 kg
Pé: 42
Cor: pardo
Cabelos: encaracolados
Profissão: assistente de farmacêutico
Escolaridade: básica, com ensino superior incompleto (abandonou para trabalhar)
Religião, crença: cristão não praticante de nenhuma religião definida
Ideologia política: (omitiremos para evitar polêmicas)
Hobbies: jogar buraco, maratonar séries televisivas e tocar violão
Estilo musical preferido: eclético

CHEGA. Nada de exatamente fascinante nessa ficha. Um cara comum, com uma vida mais que comum, sem qualquer herança que tornasse aquele casório num bom negócio entre reinos e reinados. Vamos deixar de lado essa parte da vida do nosso quase consorte e preferir especular sobre os sentimentos das realezas ali presentes e meio pasmas.

O Rei sentia um misto de tristeza e constrangimento. No frigir dos ovos, o que ele sentia poderia ser assim elaborado: tanta encrenca para *isto*?

A Rainha se escanchara em cima do muro de novo e não sabia bem o que pensar, o que sentir, muito menos o que dizer. Estava meio aliviada, meio frustrada, meio envergonhada.

A Princesa era um turbilhão de emoções. A única ali a passar por isso, talvez.

PODEMOS PENSAR, voltando à primeira página desta história: como é que esse pessoal vai viver feliz para sempre? Tem de desenrolar muita coisa para que a felicidade reine neste enredo. Tem jeito?

Pois dizemos, assertivamente: tem.

DEPOIS DE UNS MINUTOS pasmo com a chegada do mirrado rapaz, o trio real passou a se mexer para que o moço pudesse se sentar à mesa. Sem emitir muitos sons, apontaram para a cadeira, o prato posto, o lugar devido etc.

O candidato a noivo se sentou, um pouco sem graça, claro. Calado, manteve os olhos fixos no Rei, sem sequer demonstrar qualquer interesse pela Princesa, sua quase noiva.

De repente, ela mesma tomou a dianteira:

– Pode sanar uma curiosidade minha, por favor? Ah, bom dia.

O balconista da farmácia olhou na direção dela, sem fazer contato de fato. Sussurrou:

– Sim, claro, às ordens.

– Como foi que você adivinhou que minha almofada enigmática era feita do couro de um piolho?

QUI PODEMOS PARAR para respirar.

A história vai chegando ao fim e ainda não sabemos que arranjo será feito por essas personagens para que tudo saia bem. De cara, o que podemos antever é que alguém vai ser contrariado. Ao que tudo indica, será a Princesa, que se casará, mesmo a contragosto, porque o combinado não sai caro. Ou até sai. Quem combina arrevesado sai lascado.

Ela tinha tudo para se lascar ali, tendo de se unir em matrimônio com aquele completo desconhecido, sem graça feito uma parede bege. Mas... podemos também nos surpreender com uma reviravolta, coisa antiga que hoje leva o nome importado de *plot twist*.

O moço não se fez de rogado. Contou vantagem:

– Uai, só não sou burro.

A resposta soou atravessada. Sabemos que meter uma frase dessas dentro do casarão real pode pegar muito mal. Que atrevimento. O Rei piscou muitas vezes e rapidamente as pálpebras incrédulas; a Rainha sentiu uma pequena pontada na barriga; a Princesa achou até interessante. Mas nada que a demovesse da ideia genial de não se casar.

– OK, não é burro, mas é tosco, né?

Vrá. Ficou o dito pelo não dito. Um a um. Toma lá, dá cá.

NA SEQUÊNCIA, sem dar tempo direito de a realeza respirar, o rapaz fixou os olhos como setas na cara do Rei e perguntou, sem mais-mais:

– O senhor não tem vergonha de obrigar sua filha a se casar sem que ela queira, a esta altura da história?

O Rei quase caiu da cadeira. Umas gerações atrás e aquela frase insolente seria suficiente para que os guardas prendessem o mequetrefe numa masmorra para sempre, um calabouço, um lugar desses com esses nomes, geralmente escuro, insalubre e meio clandestino.

Mas o mundo havia mudado, não se falava mais nisso, já não era assim tão tranquilo dar sumiço em gente. O negócio funcionava mais às claras, e o rapazote só demonstrava que sua surpreendente coragem era cheia de informação.

PELA PRIMEIRA VEZ NESTA HISTÓRIA, a Rainha tomou a palavra antes do Rei:

– Sabe que você tem razão, meu caro? Tá meio demodê esse costume, não?

O Rei quase caiu da cadeira pela segunda vez. Como era possível não ter percebido a rebeldia de sua mulher, geralmente tão sumida das conversas e das decisões? De onde vinha aquela reação despropositada? Estaria ela possuída? Àquela altura, além de não ser mais possível mandar prender ninguém no calabouço, já não dava muito certo mandar uma mulher calar a boca, então o jeito foi despistar.

O Rei serviu café, comeu melão, bebeu água fresca, se ajeitou no assento várias vezes, mexeu no manto real, pigarreou, até tomar coragem de dizer algo:

– Pois é. Este reino anda de cabeça para baixo. O que diriam meus antepassados se vissem esta situação esquisita: a Princesa que não quer se casar, um candidato a genro mirrado, sem graça e feminista, além de uma Rainha que dá opinião justamente no momento mais tenso da história. O que será de mim?

O CHORORÔ DO REI não comoveu ninguém.
A Princesa começava a simpatizar com o balconista, continuava curiosa com a sabideza dele e estava positivamente surpresa com a reação da mãe. A Rainha se sentia plena e corajosa, ao menos uma (e decisiva) vez na vida. O Rei, ah, o Rei... estava sem lugar no mundo, sem saber como proceder. Nem pediu licença para ir à biblioteca. Sabia que aquela situação não tinha precedentes na história daquele reino, talvez de nenhum outro. Foi aí que o candidato a noivo resolveu ser mais simpático um pouco, talvez penalizado com o constrangimento geral no ambiente:

– Gente, eu saquei o negócio do couro de piolho porque a Princesa milagrosamente apareceu na farmácia, semanas atrás, querendo um remédio de matar o bicho. Fiquei intrigado porque não imaginava que a realeza pudesse ter parasitas. Tudo aqui parece tão limpinho, e são tantos empregados. Achei que piolho fosse coisa de gente sem recursos. Mas depois disso a Princesa sumiu e eu achei que o problema estivesse resolvido. Quando vocês anunciaram o desafio para o casamento dela, logo pensei que a treta seria grande. Todo mundo sabe que esta Princesa não quer se casar. Isso não é segredo nem aqui nem em outros reinos distantes. Embora vocês possam pensar que seja um constrangimento, motivo de vergonha, acho muito possível reverter o quadro completamente. Já ouviram falar que a propaganda é a alma do negócio?

– OK, eu fui à farmácia comprar remédio de matar piolho, mas daí a você saber da almofada falta um pedaço. Como fez essa conexão?

– De certa forma, eu chutei. Fiz inscrição por último para esperar todas as tentativas anteriores. Foi tanto bicho e tanta planta que não restou quase nada. Resolvi então arriscar o rastro que você mesma deixou quando apareceu no meu balcão de um jeito meio furtivo. E deu certo. Mas eu não tenho o menor interesse em me casar.

O REI JÁ ESTAVA meio engasgado. Nesse momento, terminou de se engasgar. Era ele, dessa vez, que sentia pontadas na barriga, comichões, alergias, engulhos. A Rainha estava bem faceira com tudo aquilo; a Princesa ia crescendo, ganhando confiança; o rapaz era aquilo ali que todos estavam vendo.

– Você não quer mesmo? – perguntou a Princesa, quase efusivamente.

– Não. Eu queria mesmo era acertar a resposta e, quem sabe, vir aqui negociar. Acho o ó esse Rei, a esta altura, obrigar a filha a qualquer coisa.

Olhos arregalados, línguas para fora, queixos caídos, quase todos e todas abestalhados ali. E agora vamos à proposta do balconista, especialista em vender remédios para dor de cabeça, dor de barriga, gases, vômitos e piolho.

COMO RESOLVER uma situação como esta? Como mostrar ao leitor e à leitora que o clima é tenso, mas que logo as coisas chegarão a algum termo? O que esse rapazote insolente pensa que está fazendo? Precisamos chegar à felicidade geral prometida para o fim da história, mas ainda não deu para entender como. Vejamos.

CHEIO DE SI, o moço ex-candidato largou a ideia:

– Minha proposta, Rei, é que essa mudança de costume daqui seja espalhada por aí como *inovação*. Sacou? Em vez de deixar que digam que foi uma ruptura terrível, um problema horroroso, uma vergonha, é preciso criar um burburinho em torno da ideia de uma coisa mais nova, moderna, inclusive listando vantagens, alterações arejadas, arrojo. O passo agora não é preparar enxoval nem ensinar a Princesa a lavar roupa, o negócio é torná-la uma empoderada, uma mulher plena, que alcança o que quer e que prova à família que tem tino.

Boquiabertos, esbodegados, chapados, chocados, impressionados. Quem diria? O que fazer com tanta novidade?

O REI NÃO TINHA SAÍDA. Se deixasse, a história correria o mundo como se ele fosse um frouxo que caiu na armadilha da filha, uma malcriada, insolente, destruidora de tradições. Pior: até a Rainha tinha sido contra ele, num momento daqueles!

Para completar o impasse, nem a Princesa nem o garotão tinham interesse no casório. Não convenceria nenhum dos dois. Nem podia mandar matar, arrancar a cabeça, guilhotinar, esquartejar em praça pública, pendurar a cabeça num poste, para dar exemplo, como já vimos na História. Esse tempo tinha passado. Então o jeito era admitir que uma solução midiática, comunicacional, era o melhor a fazer. Mas como?

JÁ VAI DANDO PENA de finalizar esta história. Será que ainda dá tempo de planejar um final feliz, com beijos de amor e uma paixão súbita entre os dois jovens?

Liste aqui três instrumentos musicais cujo som ajuda em cenas de amor e paixão:

1- ....

2- ....

3- ....

Sons mais sensuais, sons mais doces. Vamos lá, essa seria uma solução fácil demais para uma Princesa tão travessa. Que desperdício de personagem se ela, ao final da história, se transformasse em qualquer princesa dessas comuns. Mais interessante é deixá-la seguir sua vocação, oferecendo à leitura uma mensagem mais legal. Vamos nessa.

AQUI JÁ SABEMOS que quase todo mundo ficou satisfeito. Mesmo quem não ficou, porque o jogo virou inteiro, acabou se ajeitando.

O Rei, afinal, tomou a providência: contratou o rapazote para assessor de imprensa do reino.

Sabemos o que é isso? Baita responsabilidade. Dali em diante, tudo seria divulgado com cuidados estratégicos, até que a mudança de costumes se tornasse uma história positiva e servisse de exemplo em todo lugar. Princesas libertas, escolhas deliberadas, príncipes desobrigados. Cada um no seu quadrado.

A RAINHA TAMBÉM sofreu o impacto daquela saga toda para casar e não casar a filhota. Umas semanas depois da treta, cheia de coragem, pôs para fora seu desejo mais sigiloso, aquele que nunca tivera coragem de explicitar: o de aprender a ler. Contratou os serviços de uma professora muito preparada e foi juntar as sílabas, bem feliz com a possibilidade de ler tudo o que quisesse, inclusive na maravilhosa biblioteca do Rei, antes proibida para ela.

E NOSSA PRINCESA REBELDE, o que é dela? Viajou. Aproveitou as mudanças do reino para conhecer o que chamou de "outras culturas". Na verdade, queria saber mais sobre princesas de outros reinos, anotar alguns costumes interessantes e outros desinteressantes, juntar cartões postais e aprender línguas. Não seria fácil. Sair de seu reino seguro e quentinho não parecia exatamente confortável, mas uma das coisas mais legais que ela queria fazer era perder o medo: medo do outro, medo do desconhecido, medo de não entender e não ser entendida, medo de parecer diferente, medo de ser igual, medo de correr riscos calculados, medo de chegar num lugar sem saber nada dali, sequer onde ficava a praça, a igrejinha, a rua principal e a farmácia, claro.

Como foi que ela viajou?

Bom, naquele tempo não existia avião, muito menos esses que viajam com passageiros por longas distâncias. O jeito era viajar com tração animal, do modo mais confortável possível, já que ela ainda era uma princesa. O que ela fez foi levar suas malas, pôr uma roupa confortável e, claro, apoiar a cabeça na sua almofada especial para tirar uma sonequinha durante o trajeto para aqui e para acolá.

E, COMO DISSEMOS láaa no início, viveram felizes para sempre...

Quem disse que precisava ser todo mundo junto, apinhado na mesma casa, ops, palácio?

Será que existe alguma alternativa à expressão *The end*?

Só para variar, vamos lá:

Vrá! E acabou-se o que não era doce e a vida se adocicou.

NOTA DA AUTORA

Esta história é um reconto livre, muito livre, de uma narrativa oral que aprendi no Vale do Jequitinhonha, em Minas Gerais, quando participava de um projeto de extensão universitária que recolhia literatura oral, nos anos 1990. O contador na época era Pedro dos Anjos Barbosa, na Várzea de Santo Antônio, em Itamarandiba. O lugar foi elevado a distrito apenas em 2014. A ideia boa de uma princesa avessa ao casamento nunca me saiu da cabeça, então resolvi recontá-la do meu jeito.

Se você quiser conhecer o conto que me inspirou, ó ele aqui, ó:

O couro de piolho

Um Rei e uma Rainha tiveram uma filhinha e eram muito carinhosos com ela. Quando a menina alcançou doze para treze anos, o Rei disse:

– Minha filha, você precisa pensar em um problema, um encanto, uma coisa qualquer, uma ideia. Para você se casar, tem de morrer um monte de gente. Tem de haver uma novidade – isso disse o Rei. – Você tem de arranjar um mistério para alguém adivinhar. Aquele que adivinhar, casa-se com você, fica rico, vai ser príncipe. E aquele que errar, terá o pescoço cortado, será degolado.

A Princesa pensou um pouco e se lembrou de que, naquele tempo, havia muito piolho.

– Ô mãe, vou catar um piolho na senhora.

A Rainha então tirou a coroa e deitou-se no colo da Princesa. A menina procurou e achou um piolho. Mandou fazer um pequeno aparelho que tirava o sangue dos pintinhos das galinhas e dava na boquinha do piolho. Todos os dias, escondido, ela fazia isso, dentro de uma caixinha.

O piolho foi crescendo, crescendo, crescendo. Em pouco tempo, aquela caixa já não cabia mais o bicho. Ela então preparou uma caixa maior. Mais um pouco e a segunda caixa também não coube mais o piolho, que foi crescendo, crescendo, crescendo.

Passou bastante tempo, a menina completou dezessete, dezoito anos, e o casamento não acontecia. Ela disse então:

– Não posso me casar assim, não.

– É, tem de morrer um bocado de gente; enquanto isso, não pode se casar – disse o Rei.

Quando o piolho se tornou enorme, depois de passar por várias caixas, sem ninguém saber, um bicho esquisito, um animalzão, a Princesa o matou, tirou-lhe o couro com muito capricho e esticou esse couro. Decidiu: quem adivinhasse de que bicho era o couro se casaria com ela. Poderia ser um homem velho, novo, pobrezinho, velhinho, preto, branco, quem fosse. Quem não adivinhasse, poderia até ser filho de outro rei, mas teria o pescoço cortado.

O povo se agitou. Cada dia ia alguém ao castelo dizer que era couro disso, couro daquilo, e nada. Iam todos para a forca. Foi morrendo gente, morrendo gente, indo, indo.

Os rapazes saíam pelo mato olhando os bichos, iam dentro d'água olhar os animais, tentar ver algo parecido, achando que o couro da Princesa poderia ser disso ou daquilo. Mas só ia morrendo gente. Até esbarravam, mas não adivinhavam. Não tinha jeito, sem condições. Todos os bichos que existiam no mundo, estrangeiros até, bichos do mato... nada.

Mas... havia um moço muito pobre, filho de pai pobre, rapaz meio preguiçoso. O pai disse a ele:

– Vamos para a roça, menino!

Botava esse moço para trabalhar. E o rapaz dizia:

– Pai, não vou trabalhar mais, não. Vou é ficar rico. Vou adivinhar o couro da Princesa e aí me caso com ela. Serei príncipe. Vou ficar podre de rico.

– Ô, meu filho, não vá. Todo mundo que foi já morreu. Você é meio bobo, vai adivinhar o quê? Vai morrer!

– Não vou, pai.

A mãe do moço começou a chorar. Mas o pai logo disse:

– Tá bem, então se você quer ir, vá.

O pai pobre arranjou para o rapaz um saco cheio de coisas para viajar. E o garoto foi viajando, viajando, viajando, viajando. A pé. A certa altura, chegou à beira de um ribeirão, um corregozinho com uma praia de areia branquinha que sumia de vista. O moço foi beirando esse córrego e chegou a um barranco onde havia outra praia, com filete de água passando. A certa altura, apareceu um garotinho esfarrapado, pretinho, diante de um fogo aceso. Havia ali um caldeirãozinho, uma panelinha de boca apertada, o menininho soprando o fogo, com fumaça nos olhos, lacrimejando, com um espetinho de pau na mão, cozinhando fava. A fava subia na fervura e o garoto batia o espeto nela, tchá!, a espetava e comia.

O rapaz parou ali e ficou observando o garotinho, que fez de conta que não viu o moço. Só cuidando da fava. Fumaça batendo, cabelinho todo atrapalhado, pezinhos no chão. Vinha subindo outra favinha, ele a espetava e comia. Até que o rapaz gritou:

– Ô, menino! O que é isso? O que você faz aqui? Não tem casa? Estou viajando léguas. Você mora aqui perto?

– Não, eu moro aqui mesmo.

– E você vive desse jeito? Você não tem pai?

– Não sei.

– Tem mãe?

– Não sei.

Mas o menininho não dava muito assunto ao rapaz. Só soprava o fogo, a fumaça batia, limpava os olhinhos. A água fazia subirem as favas, ele espetava e comia. À beira da água, as mãos sujas, pé sujo, cara suja, todo rasgadinho, roupinhas molambentas. Foi quando o mais velho disse:

– Ô, menino, larga isso. Vamos até o palácio do Rei! Você está aí nessa miséria, nesse sofrimento. Vamos lá adivinhar de que é aquele couro lá. Quem sabe eu adivinho ou você adivinha? Aí me caso com a Princesa, fico rico, ou você.

– Ah, não, eu não! Vê se vou largar minha fava aqui para ver couro de piolho!

O rapaz escutou aquilo e pensou: "Uai, quer saber?, não sei quem é esse menininho, mas vou chegar lá e vou dizer que é couro de piolho. Será possível? Couro de piolho! Um couro enorme, de um animal grande, mas se esse menino disse... Bem, vou morrer de todo jeito, não custa ir lá falar".

Chegando ao palácio, o rapaz bateu palma, a guarda deu licença e ele subiu as escadas. Veio a Princesa, puxou uma cadeira para ele; veio o Rei, veio a Rainha, sentaram-se e o Rei disse:

– Então o senhor veio adivinhar de que é o couro? – E apresentou ao moço a peça.

O jovem, sentado, olhou aquilo e disse:

– Pois eu sei. É de piolho.

Todos bateram palmas e abraçaram o rapaz. O Rei ordenou que soltassem foguetes pela cidade. Foi uma festa. E disse o jovem:

– Mas agradeçam ao menino das favas!

O Rei pensou e disse:

– Então você não adivinhou, mas não vai morrer, não. O que vamos fazer então?

O moço logo falou:

– Quero dar riqueza ao menino.

O Rei então mandou darem ao garoto uma casa, carro, tudo abastecido. Mas o jovem também queria isso. Mandou buscarem seu pai e sua mãe, além de chamarem o menininho das favas.

– Agora, menino, você vai tomar banho. Deve estar com fome.

– Não, eu estava comendo fava. Não estou com fome.

– É, mas vai tomar banho.

O menino entrou palácio adentro, foi para a banheira, acompanhado de um empregado do Rei. Assim que saiu do banho, perceberam que o encanto tinha se quebrado. Saiu do banheiro um homem enorme, com jeito de doutor, outro tipo de pessoa. Ele estava encantado!

Já do lado de fora, providenciaram o casamento da Princesa. Colocaram no homem novo a coroa e fizeram festa o resto do dia. A cidade inteira fez doce, isto e aquilo. O povo tocava sanfona e dançava. E eu também estava lá, dançando, até que me cansei e vim embora. A certa altura, alguém disse:

– Mas você não pode ir embora! Precisa levar qualquer coisa. Um doce, ao menos, para a sua esposa e seus filhos.

Eu respondi:

– De fato, mas nem tenho... minha esposa já morreu, não tenho crianças, mas gosto muito de doce.

– O doce acabou, mas vamos fazer mais. Um doce!

Prepararam um doce quente e puseram numa panelinha.

Vim andando com a panela pela estrada. Quando chegou numa parte alta, já perto de casa, encontrei com gente feia no caminho: Timóteo, primo da minha esposa. Ele disse:

– O que é isso, seu Pedro? O que leva aí?

– É um doce.

– Quero provar!

Timóteo pegou o doce de maneira mal-educada, pôs o dedo lá dentro e lambeu. Fiquei com raiva, joguei a panela para cima e ela grudou no cabelo dele, revelando a careca.

– Olha só quem está com a cabeça pelada!

E quem quiser provar e puser a língua na cabeça dele ainda sentirá o gosto!

E acabou-se a história.

(Versão em português padrão por Ana Elisa Ribeiro a partir da versão dialetal contada oralmente por seu Pedro dos Anjos Barbosa, em Minas Gerais, e transcrita pela autora e pela professora Sônia Queiroz nos anos 1990. Em 2023, o Vinícius Leite fez uma nova digitação do original.)

E se você quiser ouvir a versão dialetal, isto é, quase do jeitinho que foi narrada pelo seu Pedro, ó o QR Code aí:

SOBRE A AUTORA

Ana Elisa Ribeiro nasceu em 1975, em Belo Horizonte, e adora o interior de Minas Gerais. Como estudante de Letras da Universidade Federal de Minas Gerais (UFMG), nos anos 1990, foi bolsista empolgada de um projeto de extensão que recolhia, estudava e recontava muitas narrativas orais, em especial as das cidades do Vale do Jequitinhonha, ao norte do estado. A história do couro de piolho vem daí.

É linguista e atua como professora do ensino médio, da graduação e da pós-graduação em Letras no Centro Federal de Educação Tecnológica de Minas Gerais (CEFET-MG), onde incentiva a leitura e a escrita dos jovens há vários anos. É autora de livros de poesias, crônicas, contos, infantis e juvenis, além de títulos técnicos para formação de professores de português. Pela Yellowfante publicou *Sua mãe* (2011), que conta uma história sensível e engraçada sobre uma criança aprendendo a usar os pronomes possessivos. Em 2022, ganhou o prêmio Jabuti pelo livro juvenil *Romieta e Julieu: tecnotragédia amorosa* (2021), uma espécie de reconto tecnológico da tragédia de Shakespeare. Seus livros estão também em clubes de leitura e distribuídos pelas escolas do país. É mãe do Eduardo, um jovem estudante de Psicologia que já apareceu muito nas histórias que ela conta e escreve. Trafega pelas redes sociais, especialmente em @anadigital.

SOBRE O ILUSTRADOR

Angelo Abu nasceu em 1974, em Belo Horizonte. Passou parte da infância em Porto Seguro, na Bahia, onde ergueu seus castelos mais lindos. Foi lá que aprendeu a amar os cachorros e a pescar siris. Foi também lá que mergulhou profundamente no universo das histórias em quadrinhos. Fez da única banca de revistas da cidade o seu templo, que visitava quase diariamente em busca das novidades. Desenho e narrativa tornaram-se assim, para ele, indissociáveis.

Começou a ilustrar profissionalmente em 1995 e no ano 2000 graduou-se em Cinema de Animação pela Escola de Belas-Artes da Universidade Federal de Minas Gerais (UFMG). Ilustrou mais de cem livros e revistas em quadrinhos ao longo dos anos. Pela Yellowfante, ilustrou *O chefão lá do morro* (2014) e *O garoto da camisa vermelha* (2019), ambos de Otávio Júnior, e *A casa que assoviava* (2022), de Marta Lagarta. Nos últimos anos se aventurou também como autor em livros como *À sombra da mangueira* (2021), pela Peirópolis, e *Parque de inversões* (2022), pela Miguilim. Atualmente, além de livros, ilustra semanalmente para o jornal *Folha de S.Paulo*.

Este livro foi composto com a tipografia Electra e impresso em papel Offset 90 g/m² na Formato Artes Gráficas.